멸망의 밤을 듣는 밤

멸망의 밤을 듣는 밤

김명기 시집

At Night, Listening to the Night of Destruction Kim Myoung Ki

K-Poet Series 039

아시아

차례

1부

2부

멸망의 밤을 듣는 밤

POET

1부

착각

며칠 심한 몸살 앓은 몸을
볕 좋은 겨울 마당에 널어놓고
유기견 봄이와 길냥이 낙엽에게
간식을 나눠준다 길 위의 굶주림을
겪어본 목숨들이 차례를 지키며
한 번에 한 놈씩 입을 댄다
배려가 사람에게만 있다는 것은
얼마나 근본 없는 착각인지
종이 서로 다른 목숨도 능히
이해하는 이 간단한 문제를 놓고
죽어라 싸우는 것들은 인간뿐이다

미래 없는 미래

절정의 한여름 낮 함께 일하는
어린 동료들과 아이스 아메리카노를 나눈다
최저시급 시장에 발을 들인 앳된 노동자들과
시급보다 비싼 커피를 마신다

비정규라는 말같이 어두운 커피 속
반짝이며 녹아내리는 얼음 같은 희망을
알려줄 길 없는 어른이 낯 뜨겁게
시원한 커피 몇 잔으로 체면을 치른다

이렇게 살아도 되는지 분연한 마음이 일어도
이렇게 살 수밖에 없는 비굴함을 모를 리 없고
기약 없는 날을 저당 잡히고 살아보겠다고
뙤약볕 아래 선 고단함을 모른 척할 수 없어

가차 없이 잘려나가는 삶 속으로 무모하게
가담한 이들과 보잘것없는 시급을 나누어 마신다
사랑과 거처와 막연한 미래에 대해 몇 번이고 꺾일
풋내나는 이야기를 무능하게 흘려들으며 세상에
황홀한 자비는 없다고 무자비한 위로도 하지 못한다

바닥을 드러낸 연한 아이스 아메리카노처럼
언젠가 세상에 없을 나보다 더 늙은 체념들의
비정한 여름날이 떠올랐지만 끝내 말하지 못할
입을 다물기 위해 이가 시리도록 남은 얼음을 씹으며
장렬했던 한때조차 사라진 미래를 생각한다

프레카리아트*

신자유주의는 프롤레타리아에게도 계급을 나누어버
렸다
새로운 세상을 만들 것처럼 볼셰비키 혁명으로 일어
섰던
소비에트는 오래전 무너졌다

소련이 해체되던 날 내가 아는 선배는 세상이
망한 것처럼 술에 취해 울었으나 몇 해 뒤
대학의 전임이 된 그는 정년 보장된 교수로 잘살고 있다

공고를 졸업한 친구는 제철소에 취직되었지만
국가부도 사태 후 일자리를 잃고 전국을 떠도는
건설 노동자가 되었다

뜬눈으로 어둠을 견디는 편의점 알바와 로켓배송을 위해
밤새도록 돌아가는 컨베이어 벨트에 저당 잡힌 몸을 파는
쿠팡 친구들, 친구라는 말이 밤낮없이 생을 갉아먹는
지독한 말이란 걸 그들을 보고서야 알았다

끼어 죽고 떨어져 죽고 감겨 죽고 걷다 죽고
죽고 죽어도 밥을 위해 죽음의 빈자리를 채우는
절망으로부터 제일 가까운 사람들

낯선 욕망과 저버린 기대 뒤에서 한없이 몸을 낮추고 바닥과
바닥만을 옮겨 다니며 시급이 계급이 되어버린 노동

자를

  퇴화시키며 진화하는 자본주의의 마지막 소분

  최저라는 턱 앞에 주저앉아 더이상 쪼개질 것도 없는
시급은
  올해도 만원을 넘기지 못하고 빚 같은 노역(奴役)을 독
촉하듯 최고장처럼
  인쇄된 근로계약서는 하잘것없는 을(乙)에 대해 다음
과 같이 명시했다

  고용형태: 기간 정함이 있는 계약직, 시급: 2024년
최저시급 적용(9,860원)

* precariat: 고용이 불안정하고 저임금인 비정규직 노동집단

베이글과 커피 그리고 천치

북녘 바다가 보이는 천진 해변에서
천진하게 베이글을 앞에 놓고 커피를 마시며
러시아가 우크라이나를 침공한 뉴스를 본다

오늘 오미크론 감염자는 십칠만 명이고
누적사망자는 백신 부작용 포함 만 명이나 된다는데
관료들은 치명률이 낮다며 별일 아니란 듯 말한다

언제 포탄이 날아와도 이상할 것 없는
강원도 고성 땅 천진해변에서 베이글에
커피 마시며 천진하게 앉아 있다가 천진과
천치가 별 차이 없다는 생각이 들었다

1943년에 태어난 우크라이나 할머니는

전쟁 중에 태어나 전쟁 중에 죽을 거라며
양손을 들고 아무 일 아니라는 듯 말했다
설마설마하며 천진하게 사는 사람들을
천치로 여기는 자들, 블라디미르 푸틴 같은
한국의 관료 같은

저녁뉴스*

환호하는 관중석으로 날아가는 야구공처럼
신음하는 사람들 위로 미사일이 날아간다
타자는 홈을 향해 달리고 탱크를 앞세운
지상군은 폐허를 향해 내달린다 열광하는
아빠에게 안긴 아이가 팔을 벌리고 환하게
웃을 때 절규하는 엄마에게 안긴 아이가
피 흘리며 죽어간다 야구장엔 어둠을 밝히는
조명이 켜지고 폐허 위엔 죽음을 재촉하는
섬광이 번진다 야구장 가득 응원의 함성이
메아리칠 때 불붙은 이국의 유향나무는
진저리를 친다 인류가 만든 허공의 궤적이
길어질수록 커지는 욕망과 공포 지붕 없는
허공으로 함께 날아가는 홈런과 홈리스
검은 낯빛으로 유언 없이 황급히 죽어가는

사람 앞에서 어떻게 이런 일이 있을 수
있냐고 말할지도 모르겠지만 묵은 객담같이
튀어나오는 익명의 주검이 한때는 열광하던
목숨이었다는 것을 어떻게 모른 척할 수 있겠나
함성을 거둔 사람들이 집으로 돌아가는 동안
상복을 입지 못한 상주들이 무너진 집 앞에서
통곡하는 동안 식어버린 욕망과 유예된
공포 사이 비로소 허공은 텅 빈 허공이 되고
태어나자마자 숨을 거둔 인큐베이터 속
미숙아들의 감긴 눈꺼풀처럼 어둠이 내리는데
머리에 핏빛 붕대를 맨 사내가 잿더미 위에서
어디선가 길을 잃은 신의 가호를 향해
무릎 꿇고 천천히 팔을 들어 올린다

* 2023년 11월 13일 LG는 29년 만에 KBO 한국시리즈 우승을 차지했다. 같은 날 이스라엘은 가자지구 민간인 피난처인 병원과 학교까지 공격하여 수많은 사망자가 발생했다. 그중 병원 전원이 공급되지 못해 인큐베이터 속 미숙아들이 숨지는 일이 일어났다. 이미 만 명 이상의 민간인이 희생되었고, 그중 신생아를 포함한 어린 희생자가 절반 정도 될 것으로 추정된다.

신발을 버리며

십 년 넘게 신은 신발을 버린다
부리는 대로 몸을 받아내느라
굽은 허리처럼 휘어버린 뒤축과
굵고 깊게 파이고 미어진 상처
비정규적 삶의 몸통을 받치는 동안
재계약하듯 몇 번이나 밑창을 갈고
안감을 덧댔지만 도저히 더는
못 버티겠다고 아가리처럼 벌어진
밑창 사이로 늙은 혓바닥같이
늘어난 양말이 흘러나왔다
바닥이 바닥을 밀며 보낸 세월의 전모가
고스란히 드러났으나 뭉클함보다 앞선
난감함이란 갈 곳 잃고 엉망이 되어
돌아온 수취인 불명의 우편물 같았다

비난할 수 없는 비루함처럼

처참한 것이 어디 있을까

축축한 음지 속을 살아내느라

깊숙이 감추어두었던 지독한

냄새까지 토해내며 어둠 끝에서

불구가 되어버린 내 생의 한 귀퉁이는

이제 불명의 발신자로 세간을 떠돌 테지

신발을 버린다 말끔히 닦아 가혹했음을 감추고

돌아오지 못하게 소인(消印) 없는

봉투에 밀봉한 채 더이상 바닥 같은 것은

만나지 말라고 발을 빼고 버린다

속인주의

인도네시아서 온 와힛이 복권방 탁자에 앉아 복권을 긁습니다

오른손바닥으로 복권을 누르고 엄지와 검지 사이 동전으로 능란하게 긁습니다

왼팔이 비어 있는 소매는 셔츠 윗주머니에 꽂혀 있거나 힘없이 허공에 흔들립니다

그물줄을 놓치지 않으려다 양망기에 팔이 감겨 왼팔을 잃었다는 서른두 살 와힛

그래도 산재 처리 해주고 쫓아내지 않은 선주가 고맙다는 와힛은 한국이 좋답니다

팔을 잃고 난 후 복권방은 와힛의 부업이 되었지만 아직은 소득보다 지출이

더 많은 적자입니다 그가 안쓰러운 복권방 주인이 말려보지만 한 줄만 더 달라고

조르는 그를 이기지 못하고 즉석복권 한 줄을 더 내어
줍니다 줄줄이 쓰레기통으로

버려지는 낙첨이 이국의 포구에서 꺾여버린 그의 꿈
같습니다 몸이 성하다면

다시 돌아올 수 있겠지만 와힛은 이제 취업비자를 받
지 못한다는 것을 압니다

가족들에겐 팔을 잃었다는 말을 차마 못 했다는 와힛
이 고개를 숙인 채

복권을 긁으며 형은 한국사람이라서 좋겠다고 말하는
데요 그 말이

쐐기처럼 둔기처럼 가슴을 찌르고 머리를 후려칩니다
한국이 그토록 좋은 그는

한국에서 살 수 없고 떠날 수만 있다면 이 나라를 떠
나고 싶었던 나는 여태

한국에 살고 있습니다 별수 없이 별일 없이 한국인으로 살아서 와힛에게

미안한 날 마지막 복권을 다 긁은 그가 낡은 자전거를 타고 없는 팔을 흔들며

어판장을 돌아가는데요 와힛은 평생 없어진 왼팔을 보며 한국 생각을 하겠지요

나는 어쩌다 한쪽 팔 없는 사람을 만나면 와힛 생각이 나겠지요 우리는 서로

없어진 것을 보면서 한국이란 나라를 생각하며 살겠지요

에디트 피아프*

　그러지 마세요 제발 당신 노래처럼 세상이 아름답지 않다는 걸 아시잖아요 매 맞던 어린 매춘부가 참새 같은 모습으로 부르는 노래는 얼마나 처참했겠어요 나는 당신의 노래를 한 소절도 알아듣지 못해요 하지만 목소리에 숨은 비애를 모를 리 있겠어요 어떤 것은 감출수록 도드라지지요 사랑을 위해서 조국도 버리겠다던 당신의 마음처럼 살기 위해 수모와 수치를 외면한 사람들은 더이상 노래 부르지 않아요 어쩌다 축축해진 마음이 가여워질 때 잊었던 노래를 뒤적여보아도 찬란한 생 따위는 재생될 리 없어요 가끔 사람들이 죽는 날까지 그냥 산다는 생각이 들어요 나는 파리와 에펠탑과 루브르 박물관 그리고 기욤 아폴리네르**가 건넜다는 미라보 다리와 망명한 피카소가 미사를 드렸던 몽마르트르 언덕 사크레쾨르 대성당을 알고 있지만 그게 얼마나 부질

없는 일이겠어요 한 번도 프랑스를 가본 적이 없으니까요 사는 일이 그런 것 같아요 많은 것을 알아도 도무지 쓸모없는 것투성이죠 알아듣지 못하는 노래가 샹송이란 걸 알고 있는 것처럼 사람들은 알면서도 알지 못해요 장밋빛 인생이 남의 인생이란 걸 일찍 배운 아이들은 장미 가시 같은 인생을 살면서 그냥 늙어가는 거죠 쾌락과 몰락이 이음동의어라는 사실을 모르지 않지만 오늘은 늙지도 못하고 몰락해버린 어린 주검을 봤어요 한때 프랑스 식민지였던 알제리계 열일곱 살 소년 당신이 몸을 팔며 첫딸을 낳았던 나이 소년의 피부가 흰색이었다면 총 맞는 일은 없었겠죠 유색인인 나는 앞으로도 프랑스에 갈 계획이 없어요 그저 어디선가 당신의 노래가 들리면 도리 없이 사는 거라 생각할게요 빠담 빠담 빠담 당신의 찬가를 만가(挽歌)처럼 들으며

* Édith piaf: (1915~1963) 작은 참새라고도 불렸던 프랑스 여가수, 프랑스인들 사이에서는 제2차 세계대전 후 최고의 가수로 불리기도 한다.
** Guillaume Apollinaire: (1880~1918): 프랑스의 시인, 작가, 비평가이자 예술 이론가이다. 문장에 캘리그램기법을 시도했으며 초현실주의의 개척자로 평가된 다.

해남에서
―김남주 시인 생가

　바랜 툇마루에 걸터앉아 회벽에 걸린 시를 읽습니다
오래전 선생님이 심어놓으신 자유의 나무는 그곳에서
도 잘 자라고 있는지요 저는 아직도 그 나무 심을 곳을
찾아다닙니다 자유와 평등이란 게 무얼까 생각해보면
먼바다로 뱃머리조차 돌릴 수 없는 낡고 작은 배 같습
니다 어떤 이들은 세상이 좋아졌다는데 도무지 그게 무
슨 말인지 이해되지 않습니다 얼마 전에는 어느 하청
노동자가 한 몸 겨우 들어가는 형틀에 스스로를 가두었
고 어제는 스물세 살 여성 노동자가 기계에 감겨 죽었
습니다 하지만 저는 더이상 분노의 시를 쓰지 않습니다
자본주의는 우리가 함께 나누었던 분노의 힘을 교묘하
게 비웃으며 더 큰 힘이 되었다는 걸 알기 때문입니다
누구의 것도 아니지만 누구만의 것이 되어버린 자유에
대해 어떤 문장을 골라야 할지 모르겠습니다 "만인의

만인의 만인들"은 쏟아져 내리는 가을 햇살 한 줌 말고
는 평등과 자유로부터 먼 사람들입니다 뒷마당 잎 진
감나무처럼 만인이 다 떠나고 다시 태어나도 누군가 기
어이 맞이할 비극적 서사에 대해 얼마나 슬퍼할 수 있
겠습니까 얼마나 아플 수 있겠습니까 나의 시가 이 시
대의 어떤 죽음도 추모할 수 없다는 것이 슬플 뿐입니
다 지금은 그저 따가운 햇살 아래 앉아 벼랑에서 놓쳐
버린 손길 같은 선생님의 시나 읽고 있습니다

지주(地主)

아버지 돌아가신 지 열한 해
그해 아버지 상속을 모두 어머니에게 넘겼다
그렇게 열한 해가 지났는데 느닷없이
아버지 이름의 땅 한 조각이 튀어나왔다

죽어 산감(山監)이 된 아버지는 아직도 서류상
자투리땅의 지주였다 강남땅 한 평 값도 안 되는
비탈밭 사백 평의 권리를 상속받으려고
이런저런 서류를 만들었다

소유의 권리를 위해 전전 소유자인 망자까지
모두 제적등본으로 소환됐다
아버지와 할아버지의 제적등본을 뗐는데
전전 소유주는 할아버지가 아니었다

행불 후 사망 처리된 낯선 망자의 이름
오래전 어렴풋이 존재만 들었던 큰아버지였다
북을 조국으로 선택했으므로 모두
쉬쉬했던 이름이 잊었던
땅처럼 불쑥 나타났다

살아도 죽은 사람이었을 큰아버지
쓸쓸한 가계를 뒤적이며 세상을 버린
혈족을 앞세워 그 땅의 권리가 내게 왔다

식민지와 끝없는 이데올로기를 거쳐온
이름들처럼 얼마나 오래 묵었는지 도대체 어떻게
써야 할지 모를 모나고 가파른 땅
그렇게 나도 지주가 됐다

멸망의 밤을 듣는 밤

한대수의 〈멸망의 밤〉*을 듣는 밤 쇠를 깎듯
거친 숨소리와 조율된 쉰 목소리는 동굴과
암각에 벽화를 새겼던 원시 예술을 닮았다
반구대나 알타미라동굴 벽을 긁으며
죽어간 사람들은 노역의 고통이 익숙해질 때쯤
죽었을 것이다 새끼를 업고 가는 고래를 죽이고
어린것을 품은 들소를 죽이며 살기 위해
죽었을 것이다 살육된 주검이 쌓이는 동안
사람은 유전자 밑바닥에 죄의식을 감추며
빼앗기 위해 죽이는 몸으로 진화했다
어느 날 누군가가 처음으로 사람을 죽였을 때
피 묻은 자신의 손이 오래된 미래라는 걸
알았을까 살기 위해 죽이던 몸이 죽이기 위해
살게 될 줄 알았을까 베를린 장벽이 무너지던 날

브란덴부르크 문 앞에서 더이상 전쟁은
없을 거라고 환호하던 사람들은 마치
인류의 희망이 된 듯 뜨겁게 포옹했지만
이십세기가 끝나기도 전 걸프만 밤하늘에
불꽃놀이처럼 날아가던 수많은 미사일과
이십일세기가 되기 무섭게 뉴욕 쌍둥이 빌딩에
꽂혀버린 비행기는 맨 처음 살인을 저질렀다는
구약의 아벨을 닮은 호모 사피엔스 사피엔스의 망령
자기가 태어난지도 모르고 죽어버린 가자지구
알시파병원 인큐베이터 속 조그만 발이
영영 듣지 못할 악보에 찍힌 작은 음표 같은 밤
아무런 속죄도 받을 수 없는 멸망의 밤은 그렇게
올 것이다 모든 것을 집어삼키는 무저갱 속으로
능욕을 모르는 탐욕과 영원한 슬픔을 함께 묻으며

미래를 노래하지 않는 늙은 가수의 처절한 목소리처럼

* 멸망의 밤: 한대수 8집앨범 Eternal Sorrow의 다섯번 째 수록곡

히말라야 해국(海菊)

모든 꽃이 질 즈음 해국이 핀다
비탈진 해안가에 가장 늦게까지 피어 있는 꽃
어느 산간에는 벌써 눈이 왔다는데
위태로운 꽃 위로 그칠 줄 모르고 비가 내린다

자기 몸의 몇 배나 되는 짐을 짊어진 채
샌들을 신고 히말라야 기슭을 오르는
어린 소년의 반짝이는 눈망울이 깜박일 때

동상 걸린 발가락 넷을 잘라낸 아버지는
눈 덮인 마당을 절룩절룩 걸어 다니며
아내가 숨긴 술병을 찾고 있지

몹쓸 산기슭이나 대물림한 병든

아비가 술잔에 눈물을 부딪칠 때
가파른 계곡을 겨우 올라가는 어린 눈망울과
몇 번이나 기워 신은 해진 샌들 사이

갈라진 뒤꿈치가 딛고 가는 발자국처럼
그늘진 비탈에서 비탈로 해국이 번지는 동안
벗어날 수도 없는 생을 껴안은 세상 속으로
속수무책 비가 내리네 눈이 내리네

세상의 중심

먼 나라 전쟁터에서 사람이라는 이유로
죽이고 죽어가는 이들을 보면 사람이라서
치욕스럽고 여자의 몸으로 태어나
학대와 폭행에 내몰리는 것을 보면 남자라서 부끄럽다
뼈와 가죽만 남아 깨끗한 물 한 컵과 밥 한 끼가
절실한 굶주림을 보노라면 쌀뜨물과 사과껍질마저 아
까운데

노동자와 노동자의 편을 가르고 무산자와 무산자를
이간질하는 뉴스를 보며 분노에 익숙해진
몸을 어떻게 쓸 것인가 혁명과 수탈의 시대는
저물었다는데 왜 병상의 환자 같은 사람들이
여전히 삶의 가장자리로 쫓겨나는가

그들을 밀어낸 자들의 이해 못 할 넋두리를
암호처럼 어려운 말로 대변하는 뉴스를 끊어버리고
시를 쓰자 난해와 난독 난청으로 세상을 어지럽히는
권력과 자본이 떠넘긴 고난을 받아들고 생이 저무는
사람들에 대해 시는 다만 눈물겹지 않아야 한다

눈썹 하나 움직이지 않고 우리를 가르며
부리는 자들에게 당당하고 단호하고 명료할 것
자신의 슬픔보다 사방의 슬픔을 먼저 살필 것
거칠고 두꺼워진 못 박힌 손을 믿으며 그 손길이 거둔
인간적인 위로를 신뢰할 것 세상의 중심은
보이지 않는 점과 선이지만

높은 벽을 쌓으며 스스로 인간의 중심이 되고 싶은

자본과 권력에 밀려 고공으로 올라간 노동자들이야말로
세상의 중심! 보이지 않는 점과 선! 우리의 시는
중심 아닌 중심을 향해 점과 선을 이으며 무너뜨리는 일
내 슬픔이 아니라 당신의 슬픔이 슬퍼질 때
눈물보다 더 극단적인 한 문장을 보태는 일

2부

발우공양

꽃망울 터지기 시작한
벚꽃길 마스크를 쓴 노부부 걸어간다
손을 꼭 잡고 앞선 할머니 따라
한쪽 팔 곱은 할아버지
불편한 다리를 끌며 간신히 걸어간다

마이 아픈교
괘안타
마이 힘든교
쪼매 힘드네

자네는 괘안나
괘안니더
자네도 힘들제

그게 쪼매 힘드니더

이 순간이 올 때까지 저들도 악착같았으리
단단한 옹벽처럼 버티고 서서 식구를 여미고
큰 소리로 삶을 받아치며 흐뭇하던 시절도 있었으리

어쩌다 한쪽 옹벽 무너져 내렸는지
알 수 없어도 발우 같은 서로의 몸을 공양하며
꽃길을 걷듯 여생을 조심조심 건너간다

백수광부

티베트고원에 오래 나부낀 룽다나 타르초*처럼
누더기가 된 홑이불을 바다 쪽으로 널어놓고
며칠째 주문을 끝없이 바람에 날려 보내는 사람
귀담아들어봐도 도무지 알아듣지 못할 말
몸을 버리고 다른 세상으로 가버린 제 영혼을
부르는 것 같기도 하고 바다에서
영 돌아오지 못한 누군가를 애타게 찾는 것 같지만
풍랑 위로 흩어진 말은 물거품에 묻혀 아무런
풍문도 남기지 못하고 사라진다
누구나 혼잣말이 하고 싶을 때가 있지
다시는 볼 수 없는 이가 맺히도록 그립거나
생이 극지에 가 닿은 듯 속없는 자신을 질책하며
억장이 무너질 때 그렇게 뼈마디를 빠져나간
간절함은 모두 어디로 스몄을까 굽은 등을

펴지도 못하고 제자리에 서서 아랑곳없이

간구하는 사내 지난밤 꿈자리마저

떠나보내듯 한없이 가벼운 홑이불이 펄럭인다

<hr />

* 오색 천에 라마 경전을 적어 긴 장대에 매단 것을 룽다(隆達), 긴 줄에 만국기처
럼 이어 단 것을 타르초(Tharchog)라 한다.

겹벚나무를 베다

아버지가 산자락 개울가에 집을 짓고
삽자루 같은 묘목을 심은 겹벚나무
허벅지보다 더 굵게 자라는 동안
봄 한철 분홍 솜뭉치처럼 피는 꽃이 보기 좋았다

이십 년 넘는 동안 나무는 다부지게 자랐지만
그런 몸을 불리느라 굵어진 가지가
바람 심한 날이면 지붕을 두드리거나
창문을 긁어댔다 꽃이 좋았던 나무는
날이 갈수록 근심과 함께 커갔다

꽃 지고 물이 올라 이파리가 손바닥만 한
나무를 쳐다보다가 지붕 위로 자란
단단한 나무 중동을 베어내기로 했다

사다리 위에서 톱날을 밀어 넣자 마디를
벌리며 살아내느라 옹골진 삶이
톱날을 쉽게 받지 않았다

꺾이지 않으려 톱날을 물고 버티는 나무를
힘주어 잘라내며 톱날 같던 불온과 불운을 견디던
시절을 생각했다 나무나 사람이나 절정의 순간을
무너뜨리기란 쉽지 않았다

베어낸 나무를 토막 내기 위해
그늘에 며칠 말렸다 진이 빠진 나무는
서서히 눈목이 마르고 잎이 시들었다
그제야 나무는 가만히 톱날을 받았다
한 생이 진다는 것은 악착같이 버티고 견디다

순해지는 일 어느 순간 나도 생의 마지막 톱날을
순순히 받는 날이 올 것이다

내가 이런 생각을 하는 동안

경포에서 바닷길 따라

주문진 가다 보면 사근진 지나 순긋 해변

오래된 여인숙 미닫이문에

"달방있음"이라는 칠 벗겨진 팻말이

흔들리고 있다 보증금도 없이 낡고 흔들리는

팻말을 밀고 들어가 몸을 부린 사람들

누구나 세상에 세 들어 산다고 말하지만

새벽 해무가 장판 밑바닥까지 깔리는 습습한 곳에

세를 든다는 것은 검은 곰팡이와 통음 가능한 빈 몸을

잠시 내려놓는 일 언제든 사는 일을 찾아

떠날 사람은 몸 하나가 침구이고 가구이고 식기이다

그토록 가뿐한 이삿짐이 세상 어디에 있을까

방향 없는 생을 접어 방구석에 던져놓듯

떠도는 것들의 거처 앞을 서성대며

허기와 궁핍에 멍든 한때 볕 안 드는
작은방에서 세상을 버리고 싶었던 날들을
떠올려보는 것인데
내가 이런 생각을 하는 동안
흔들리는 팻말 앞에 아직 당도하지 못한 사람이
자신의 전부인 몸 하나를 끌고 유배지 같은
이 세상 어디쯤을 지나오고 있을지도 모르지

벚꽃블루스

꽃 떨어져 날리는 큰 벚나무 아래
사람들이 모여든다 상복 입은 채
주검을 지키던 이들과 위태로운
숨통을 부여잡고 새벽길 달려온 구급대원들
서로 등을 보이고 돌아서서 폐부 깊숙이
찔러 넣은 담배 연기를 긴 숨처럼 뱉어낸다

돌아선 등과 등 사이만큼 가까운
삶과 죽음의 거리 한 층만 더 내려가면
죽음이 되고 한 층만 더 올라가면 삶이 되는
응급실 앞 흡연구역

눈이 붓도록 울은 중년 여자가
담뱃불을 붙이며 어디론가 전화를 한다

아직 아래층일지 위층일지 모를 목숨에 대한 타전
더이상 미련이 없는 사람들과 미련이 남은 사람과
향방 모를 미련을 구하러 떠날 이들이
떨어지는 새벽 꽃잎처럼 흩어지고

멀어지는 등과 등 사이 혼자 남아
유예된 생을 감추듯 숨통 깊게 가두었던
연기 한 모금 길게 뱉으며 숨을 고른다

파랑주의보

종일 바람이 심하게 불고 바다에는 주의보가 내렸다
수평선 따라 드문드문 크기를 알 수 없는 배가 지나갔
지만 물보라를 일으키며 바다로 나가는 배와 갈매기 떼
를 이끌고 포구로 돌아오는 배는 없었다 묵은 화전의
이랑과 이랑이 맞닿듯 거칠게 밀려와 난파되는 파도를
보며 바람의 품에서 이제 막 태어날 첫 번째 파도를 생
각했다

점심 먹으러 나선 길 낮술 취한 사내가 위태롭게 벽에
기댄 채 통곡했다 잃어버린 무언가를 찾은 것처럼 밥때
도 물리고 서서 한참 동안 사내를 바라봤다 누구나 살
면서 몇 번쯤 겪어야 할 몸부림 아무도 위로가 되지 않
는 미련과 후회와 회한이 뒤엉켜 온몸 들썩이는 슬픈
변주곡을 겨우 기대고 선 벽이 들어주고 있었다

넋을 새기며 울어대던 매미 소리도 잠잠해진 늦여름 오후 이어폰 속으로 밥 딜런의 〈바람만이 아는 대답〉이 흘렀지만 험한 파도와 겯고 오는 바람이 진정한 인생과 영원한 평화를 알 수 있겠나 타인의 슬픔은 너무 쉽게 망각하고 내 슬픔마저 잊고 사는 동안 나는 이미 고통에 중독된 사람 바람을 맞아야 돌아가는 풍향계처럼 통곡을 보고야 통곡인 줄 아는 사람

해는 지고 바람의 내막은 막연한데 사내는 울음을 그쳤는지 속울음 삼키고 있는지 내 마지막 통곡은 언제였고 난파되는 파도처럼 나를 들썩일 다음 통곡은 언제인지 궁금해지는 동안 바다 위 일터의 하루가 저물었다 이런 날은 언제나 있었고 어디에나 있을 것이다 모래알 만큼이나 뭉쳐지지 않는다는 베두인 사람들이 아이러

니하게 수천 년 동안 사막을 유랑하며 살았듯 이민족
같은 주의보와 통곡을 불모지에 버려두고 또 다른 거처
로 생을 옮겨가듯 아무렇지 않게 퇴근을 서둘렀다

작약꽃잎 떼어내는 밤

오랫동안 풍을 앓던 동생 초상을 치르고
망백이 넘은 누이는 집 밖을 나오지 않았다
방문요양사만 날마다 드나들었다

이레 만에 구급차를 대동한 요양사에게 겨우
부축받으며 문밖을 나서던 삭정이 같은 몸이
무너지듯 마당에 주저앉아 큰 소리로 울었다
동네사람들이 모여들어 달래어보았지만 소용없었다

"어마이 아바이 일찍 죽고 핏줄이라고는
지캉 내캉 둘뿐인데 빙신맹키로 살다가
왜 먼저 가노 이노마야 이노마야
내 혼자 살아 머 하겠노 우야겠노"

비애의 곡절이 끝나기도 전에 혼절한 그이를 실은
구급차가 황급히 떠나고 사람들이 혀를 차며
돌아서자 철없는 새끼고양이가 봄볕을 쬐며
바닥난 슬픔 위를 뒹굴었다

그렇게 떠난 큰 슬픔은 달포째 돌아오지 않고
병문안도 거절한 채 간신히 버티는 중이라 했지만
아무래도 영 못 돌아올 거라고 모두들 수군거렸다

이슥한 밤이면 창문에 어룽대던 텔레비전 그림자마저
사라진 빈집 수돗가에 작약이 한창인데 백년을 살아도
다 쓰지 못한 슬픔이 가엽고 가여워 달빛 지고 선 그 집
마당가에 앉아 실없이 꽃잎이나 떼어내는 밤 아무래도
아무래도 그러고야 말 것 같은 봄밤

죽은 사람

머릿병을 앓는 동생과 외딴
잿마루에 살았다 농사도 짓지 않고
노동도 하지 않았다 동생 앞으로 나오는
적은 수당과 시비 붙어 스치기만 해도
드러눕는 것이 유일한 밥벌이었다
동네 사람들도 외면한 지 오래였다
초여름 저녁 그 집 앞을 지나 퇴근하던
차 앞을 가로막았다 황급히 차를 세우고
무슨 일이냐고 성을 냈더니 태연하게
뒷짐 진 채 무시로 자기 집 앞을
지나다니며 먼지 날렸으므로 이십만 원을
내놓으라고 말하는 입에서 독한 술냄새가
흩어졌다 환갑 지나도록 그런 생을 사느라
왜소하기 이를 데 없는 몸을 가뿐히 들어

마당으로 던지듯 밀어 넣었다 작고 텅 빈
옹기 같았다 저녁을 먹으며 지금쯤
전화를 걸어 온갖 욕설과 진단서를
들먹여야 할 위인이 아무런 기척이 없었다
사흘날 저녁 가벼운 옹기 같은 몸이 그만
깨져버렸다는 소식을 들었다 온전치 않은 동생을
시설로 보낸 후라고 했다 그날 이십만 원을
주었더라면 금 간 생을 부여잡고 더 버텼을까
부검을 마친 주검 앞으로 이십만 원을 보내며
한없이 여위었던 몸을 생각했다 말 한번 제대로
섞은 적 없는 사람 식지 않은 저녁볕 속에
흩어지던 독한 술냄새가 생의 마지막
간곡이었을지도 모를 일인데 뿌리치고 돌아와
바스라졌다는 말에 가슴을 쓸어내렸다

보잘것없는 생이라도 어느 순간 한껏 살았을 텐데
나는 알지 못한 그 순간까지 외면한 것 같아
더이상 인기척 없는 잿마루를 피해
며칠째 마른 냇가를 돌아 집으로 온다

십일월

작은 포구에 고깃배 몇 척
낡은 밧줄에 묶여 있습니다
포말을 물고 오는 바람이
옷깃을 젖힙니다 방파제를
걸어가는 길 사방 말라죽은
검붉은 불가사리 주검이
지천입니다만 연유를 알 수 없는
죽음이 어디 이뿐이겠습니까
소식 끊긴 지 오래인 친구의
갑작스러운 부고를 듣듯
세상일이란 별안간 느닷없습니다
심해의 목숨이 콘크리트 바닥에
말라 죽은 것이나 수십 년 연락 없던
친구의 죽음은 도무지 모를 일입니다

이해할 수 없는 것이 어디
그뿐이겠습니까 복기 불가능한
삶은 서툴기만 해서 늘 악수를
두고 있습니다만 어쩌면 영영 호수를
두지 못한 채 어느 날 나도 느닷없는
부고가 될지 모르겠습니다
어떤 날은 사는 일이 죽음의
부록 같습니다 누구도
사랑할 수 없으면서 누구나
사랑할 수 있을 것 같아
자꾸만 발길을 재촉하는 것이
아닌지 낮도 밤도 아닌 미명의
시간처럼 가을도 겨울도 아닌 십일월
저무는 포구에서 죽음보다 짧은

산 자의 일을 생각합니다

겨울 쑥

보자기와 목도리로 살갗을
여민 노파가 보도블럭 좁은 틈을
비집고 나온 여린 쑥을 캔다
노인정이나 아랫목에서 민화투를
치며 추렴이나 할법한데 애써
실낱같은 뿌리를 조심조심 들어낸다

오래된 주름이 주름을 덮으며 깊어진
그늘 같은 손으로 텃밭도 아닌 길섶
흔한 풀뿌리에 쏟는 정성을
기척 없이 바라보고 서 있는 내심이
읽혔는지 손길보다 더딘 말길을 튼다

젊은 사람들이사 모를 일이지

짐승도 겨울 날라카믄 땅이 얼기 전에
머를 마이 먹어야지 힘껏 안 버티나
나생이도 쑥도 가을 땅심을 모았다가
봄 되기 전에 포름포름하게 올라오는기
젤로 좋은 기다

지도 목숨이라고 숨구멍 열드끼
요를 비집고 올라오는 거 봐라
저 산밑 뜰에 가면 쑥이야 천지지만도
거는 반나절 응달진데도 벌씨로 억시게 웃자라
먹도 못한다 사람이 아무리 밟고 댕기도
땅심은 몬 이긴다 이기 약초 아니면 뭐라!

더딘 말끝을 달으며 다시 호미를 재촉하는

몸짓이 큰 스승 같아 목례를 하고 돌아서는데
실올 풀린 낡은 털 스웨터 사이로
쑥과 마늘을 먹으며 기어이 엄마가 되었다는
멀고 먼 태곳적 최초의 여자 냄새가 났다

고요히 슬픔을 밀어내는 동안

한파의 어둠 속으로 사람들이
서둘러 흩어질 때 그가 울고 있었다
새치처럼 희끗희끗 눈발 날리는
장례식장 처마 끝, 통곡도 속울음도 아닌
슬픔이 눈시울에 차오르면
위로되지 않는 조문의 말들을 밀어내듯
조금씩 회한을 흘려보내고 있었다
재가 수북한 향로와 영정 앞에서 맞절하며
곡소리조차 내지 않고 따뜻한 밥을
담담하게 권하던 사람
삶을 벗어던진 육신이 식어가는 동안
사람들은 육개장에 밥을 말며 살아온 얘기나
살아갈 얘기를 나누었지만 이제 안부를
물을 수 없는 망자에 대해 쉽게 말문을

열지 못했다 누군가 낮은 목소리로
오랫동안 병수발 들며 근심조차 말라가던
그에 대해 차라리 잘된 일이라고 섣부른 연민에
동의를 구하듯 고개를 주억였다

병 깊은 사람보다 더 위태롭게
곁을 지킨 심정을 헤아릴 수 없으니 어떻게든
조금만 더 붙잡으려던 마음에게 무슨 말을 하겠나
봉인된 입처럼 음소거 된 텔레비전 자막 속으로
엄동의 눈 소식이 가로질러 가는 혹독한 밤
빛을 파묻으며 어둠은 깊어지고
어디엔가 더이상 통각 없어진 몸을
받아줄 낙원의 밤이 있을 것도 같은데
밤늦도록 생의 마지막 순간까지 삶을 재촉하듯

근조화환이 분주하게 죽은 이들을 찾아다니고
그가 혼자 고요히 슬픔을 밀어내는 동안
산 자들은 영영 돌아오지 않을 사람을 등지고
살아갈 날을 위해 따뜻한 밥 한 끼를 마다하지 않았다

팔순

갑신년(1944년) 음력 구월 열아흐레
잔나비띠 노모 생신날, 차림상 없이
미역국만 끓여드렸다 자시고 싶다는
횟밥 사다 드렸더니 미역국과 달게
드시고 설거지하는 등 뒤에서
남 얘기처럼 혼잣말하시는데

참 오래도 살았다 내사 친정도 살 만했고, 니 아버지
덕에 시집와서도 안 굶고 잘 살았다 그때야 배곯아 허
리 꼬부라진 사람이 천지였지 식구들 배는 곯아도 봄에
씨앗 할라고 그것도 남이 훔쳐 갈까 봐 머리에 베고 자
다가 죽은 이도 있니라 왜놈 물러가고 인차 전쟁 터지
고 니들 외증조부는 지방 빨갱이한테 맞아 죽었다 우리
아버지랑 고모부들이 몽땅 경찰이라고 때려죽였다 허

연 수염에 피가 엉켜가 대청마루에 누웠더라 그놈들 중
에 나를 업고 다니던 마름 놈도 있었다 그게 소학교 가
기도 전인데 눈에 선하다 수복되고 니 외할아버지가 그
놈들 찾아다니며 똑같이 죽였다 사람이 사람도 아닌 시
절이었지 그 일로 경찰 그만두고 난봉질로 세월 보내다
얼마 못 살고 죽더라 작은 마누라한테 얻은 이복 남동
생이 하나 있었는데 소식을 모른다 나이를 먹어 그런가
무시로 가 궁금해지네 니 아버지 묻은 지도 십 년이
넘었구나 살 만큼 산 것 같아도 죽고 나면 아쉬운 게
사람인데 왜 그렇게 서로 죽였을꼬 얼마나 남았는지 몰
라도 고마 딱 요만 할 때 자식 고생 덜 시키고 자는 듯
이 나도 가면 좋을다 니 할머니도 아침 잘 잡숫고 그래
안 갔나

엄마는 늦가을 볕 쪽으로 웅크린 채 낮잠 들고 마당가

늙은 만신 같은 감나무가 영(靈)을 부르며 강신무를

추듯 흔들리고

나무 아래 쌓인 고엽이 혼잣말 속 죽은 사람들처럼 엉

클어지는

계묘년(2023년) 음력 구월 열아흐레

3부

단장춘심(斷腸春心)

　누가 마음이 꺾이지 않는 법을 물었다 내사 그런 걸 알 턱이 있나 마음이란 게 꽃 같아서 피어 있는 시간보다 저버릴 때가 훨씬 많은데 무슨 수로 그 시간을 가로젓는다는 말인가 어떤 날은 어떤 일이 오래 생각날 때가 있지 시간이 지날수록 늘어가는 잔영처럼 아무렇지 않게 봄날 한때를 거닐던 일 아무 일도 아닌 것이 무슨 일이 되어버리는 순간 나는 벌써 마음이 수없이 꺾여버린 사람 차라리 마음 꺾이는 법을 물었다면 그런 봄날 이야기나 해주었을 텐데 알 수 없는 물음에 한마디 거들지 못하고 지는 목련과 피는 벚꽃을 번갈아 본다 곧 저버릴 마음이 강길 따라 지천이라 그럴 수만 있었다면 이렇게야 안 살았겠지 이렇게야 못 살았겠지

몬순

　사람을 믿으며 수시로 불신하는 짓이 불행이란 걸 알지만 도리 없이 시간은 흘러갔다 봄부터 가을까지 무덤덤하게 살았지만 사실은 우울한 나날이었다 혼자 걷고 혼자 밥 먹고 또 혼자 무언가를 하면서 돌아갈 수 없는 생의 한 지점이 지나간다는 것을 알았으나 못내 아쉽지도 않았다 그렇게 겨울이 왔지만 지치지 않는 사람처럼 여전히 혼자였다 마스크를 쓴 사람들의 무표정한 얼굴을 이해하듯 못 미더운 시절을 이해하며 자주 비가 내린다는 먼 나라의 비행기에 몸을 실었다

　몇 시간 비행기를 타고 옮겨 온 낯선 이월 통풍에 움츠린 걸음을 옮기는데 어느 때 이별 같은 소나기가 내렸다 이국의 처마 밑 비를 피하며 마음이 한없이 젖던 날을 생각했다 사는 일이 외딴섬 같아 어디서나 끝이

보일 때 바람의 끝에서 끝으로 옮겨 다니며 우기와 건
기 속에 나를 널어놓고 싶었다 젖는 것과 마른 것이 별
차이가 없었다 애써 외면한 것들을 외면하지 못해 며칠
씩 혼자 앓고 나면 며칠이 사라지고 없었다

　무엇이 되고 싶었지만 아무것도 되지 못한 몸을 따라
여기까지 오느라 애쓴 마음에게 어떤 말도 하지 않았다
오래 생각한 말은 이미 염원이 되었으므로 이루어지지
않아도 상관없었다 어두워질 때까지 젖은 몸을 말렸지
만 거처를 옮겨도 눅눅한 마음은 아무런 위로를 받지
못했다 내게 닿지 못했거나 지나쳐버린 슬픔마저 그리
워하다 잠든 이국의 문밖으로 그런 나를 씻기듯 새로운
비가 밤새 내렸지만 통풍으로 부어오른 발등은 지워지
지 않는 불신처럼 쉽게 가라앉지 않았다

강릉 강능

강릉이란 시를 쓰다 멈춘 봄밤 빗소리 듣는다
빗소리가 좋아지면 생이 쓸쓸해진 거라고
말한 사람이 있었다 그때는 빗소리보다
그냥 쓸쓸한 게 좋았다

영(嶺)을 넘지 못한 좌절을 온몸에 매달고
남대천을 건너다녔다 실패한 연애의 뒤끝을
견디듯 학교를 견뎠다 강릉이 커다란 무덤 같아서
어떤 날은 자꾸만 강능이라고 되뇌었다

내곡동 자취방에서 좌절을 무시하며 시를 읽었다
이따금 최루탄 터지는 소리가 들렸으나 학교에 가지
않았다
가난한 자취방을 뒤져 신발이나 자전거를 훔쳐 가는

이도 있었지만 그도 가난한 생이 지겹고 쓸쓸했을 것
이다

누군가는 잡혀가고 도망가고 마지못해 군대를 갔다
그런 날이면 처참한 청춘들이 취한 몸으로 구겨져
아무렇게나 잠들기도 했다 삶 앞의 죽음 죽음 앞의 삶이
길고 아득했다 그때 빗소리는 모두 어디로 사라졌을까

내릴 곳을 지나쳐버린 정거장처럼 돌아가고도 싶은
강릉 길을 잃고 혼자 서 있는 막다른 골목 같은 강능
물과 불을 함께 껴안고 이렇게 오랫동안 썼다 지우는
허기진 말이란 걸 알기나 했을까

미약한 생의 아름다운 예언 같던 소식을 놓친 지

오래지만 측은한 저녁을 함께 나누던 당신의
바깥에도 지금 쓸쓸한 비가 내리는지 가끔 들춰보는
해진 시집들의 책력(冊曆)처럼 다시 강릉이라 쓰고
강능이라고 읽어보는 아슴한 이 밤에

빗소리와 숨소리 사이 슬픔이 고일 때

   스물다섯 살 가을 여든다섯 해를 사신 할머니가 돌아
가셨다 오 년 후 긴병 앓던 외할머니가 가쁜 숨을 거두
었다 감나무 낙엽이 마당 그득했다 그것으로 내 윗윗대
가 끝났다 평생 불같던 아버지는 죽음도 그러했다 열두
해 전 느닷없이 개울가 흄관 속으로 생의 명패를 집어
던졌다 십일월이었다 몇 달 후 아버지 누나인 셋째 고
모와 사촌 동생인 작은 당숙이 뒤를 따라나섰다

   구월 태풍이 밀려오던 날 큰 당숙이 그만 맥을 놓았다
빗속 장례는 진중했다 안식교인들이 비를 맞으며 미리
파놓은 묏자리에 둘러서서 찬송과 예배를 드리고 늙은
엄마는 시숙의 관을 향해 성호를 그었다 육촌 누이들이
빗물 위로 눈물을 떨구었다 모든 일이 하염없었다 오래
전 정신을 놓쳐버린 당숙모는 상복도 입지 않은 채 장

의 버스 안에서 자꾸만 주무셨다 이승과 점점 멀어지는
엄마와 고모 그리고 삼촌 두 분이 빗속에서 위태롭게
내 윗대를 받치고 있었다 이미 여든을 넘겼거나 여든을
향해 돌아선 노인들이 그믐달처럼 오그라든 채 생의 결
장을 향해 고개를 숙였다

　비바람이 점점 맹렬해지고 엄마를 부축하는 것 말고
아무것도 할 수 없지만 무엇이라도 해야 할 것 같았다
젖은 몸으로 집에 돌아와 담배를 물고 시집 몇 권 만지
며 가을에 죽은 사람들을 생각했다 빗물을 받아 든 마
른 벚나무 이파리가 창가에 부딪히며 떨어졌다 보잘것
없이 남은 이파리도 간신히 버티고 선 나의 윗대처럼
태풍 지나가는 밤을 견뎌야 할 것이다 빗소리와 숨소리
사이 고인 슬픔처럼

발끝

절벽 같은 언덕에 서서
배가 지나가고 한 무리 새가 날아가는
모습을 우두커니 본다 살아 있는 것은
어디론가 자꾸 움직이는 것 같지만

물을 내리며 야위어가는 나무에
겨우 붙어 있는 마른 잎사귀나 서걱서걱
쉰 소리를 내며 몸을 뒤척이는 억새는
사는 동안 아무 데도 가지 못한 채
밑동만 바라보다 생을 마치기도 한다

내 사는 동네 사람 대부분은
나무나 억새같이 뿌리 내린 곳에서
더 먼 곳으로 떠나지 못하고

이마를 맞댄 지붕 아래에서 함께 진화한
같은 속(屬) 식물처럼 모여 살고 있다

그런 마을에 살러 온 나는
바다와 객지를 떠돌던 때를
잊지 못해 뿌리 내릴 생각도 없이
습관처럼 바다가 내려다보이는 언덕에 와
떠나지 못할 몸을 파도처럼 흔들어보는 것인데

오래전 한 시절 아주 먼 바다를 떠돌 때
갈 길이 멀어 좋았던 적이 있었으나
생각해보면 혼자 덩그러니 남은 집안에서
나를 기다리고 있을 묵은 외로움과 마주치고 싶지
않은 서글픈 외면이었을 터

절벽을 오르지 못하고 부서지는 파도를 보면
어디론가 움직이는 생도 언젠가는 끝에 가닿는 일이라
떠도는 동안 몇 번쯤 이별한 이들의 발끝이
궁금해지기도 한다

겨울의 영년(零年)

아버지는 아무런 유언 없이 초겨울 감나무 아래서 별 안간 세상을 버렸다 유기견 두 마리와 낡은 자동차 한 대 손수 지은 나무집 한 채를 유산으로 남기고 떠났다 십이 년 전 그렇게 서둘러 집으로 돌아왔다 낡은 자동차는 주인이 바뀐 탓인지 한 달 후 멈춰버렸고 아버지 발끝만 쫓아다니던 버려진 개들도 맥 빠진 몇 해를 견디다 아버지 뒤를 따라갔다 뒤란으로 흐르는 냇물이 부록으로 딸린 집만 덩그러니 남아 늙은 엄마와 늙어가는 나를 둘러싼 몸피가 되었다

손수 지은 집에서 아버지는 십 년 살다 떠났고 나는 돌아와 십이 년째 살고 있다 이십이 년이 된 나무집은 해가 갈수록 손이 간다 데크를 깔고 썬룸을 만들고 삼 년에 한 번씩 오일스텐 칠을 했다 십이 년 동안 병상의

환자처럼 돈을 먹어치우며 버티는 누옥은 끝내 소원했던 아버지와 화해하지 못한 불화의 상속이지만 엄마도 나도 아버지처럼 이곳이 생의 종점이란 걸 안다

며칠 심한 몸살을 앓는 노모의 신음소리와 이따금 틀어진 서까래를 맞추느라 삐걱대는 누옥의 소리를 들으며 사라진 것과 사라질 것을 생각해보지만 어디에도 마음 둔 적 없어 무엇이라고 불러줄 수 없는 것들만 생을 가로질러간다 서문 없이 본문만 가득한 이 겨울 또한 어떤 이름도 얻지 못하고 짧아진 햇살에 기대어 짧아지는 호흡 소리만 겨우 한 문장 보태고 있을 뿐이다

바람에 잔설 날리는 마당가 고양이들이 발자국을 찍는 밤 봄은 멀었고 한데의 목숨들은 엄동을 사느라 몸

데울 곳을 찾아 인기척을 따라 맴돈다 저것들도 서러움
이 있어 살얼음 핀 냇물을 마시고 가끔씩 그 자리에 주
저앉아 알 듯 모를 듯한 낮은 울음소리를 내는데 그사
이 버려진 채 집에 들인 개가 저도 겪었을 바깥의 서러
움을 알은체하며 소리 내어 짖는다

신열 앓던 저녁

신열을 앓으며 기침하는 어린
나를 누이고 쌀을 씻던 엄마처럼
탈색된 기관지에서 이엄같이
묻어 나오는 늙은 엄마 기침 소리를
등지고 쌀을 씻는다

짧은 겨울 볕을 다 써버린 채
부엌 쪽창에 희미하게 기댄
박명을 얹어 제법 따뜻한 소리로
사람 흉내를 내는 밥솥에
쌀을 안친다

한 번도 낡은 적 없는 어둠을
끌어당기듯 오래전 낡은

밥상다리를 펼치고 이웃에게서
얻은 김치를 수없이 새겨진
밥상 위 상처처럼 길게 길게
찢어 밥을 먹는다

허릿병이 심해진 엄마는
앉은뱅이 의자에 겨우 앉아
서툰 밥상에도 군말 없이 수저를 든다
암전 같이 내린 이 어둠을 갈라보면
내 이마에 손을 얹고 생선 살을 발라
숟가락에 올려주던 허리 꼿꼿한
그 여자가 있을 법도 한 저녁

통영

　스물한 살 지금은 세상에 없는 친구와 아주 먼 곳으로
도망친 적이 있다 처음이자 마지막 도바리*였다 여기저
기 해적판에서 짜깁기한 제3세계 문학론을 학보에 썼
다는 이유였다 엄밀히 말하면 베껴 쓴 것이지만 탈식민
지나 민중해방 같은 말이 용납되지 않던 시절이었다 학
보는 배포되지 못한 채 폐기되었다

　강구안**이 보이는 시장통 옆 골목 여인숙에서 보름
쯤 묵었다 굴을 까던 여인숙 주인이 배를 탈 거면 다시
생각해보라며 곁눈을 흘겼다 도망친 몸이었지만 굳이
숨어 지내지도 않았다 하릴없이 시장과 포구 그리고 갯
사람들의 삶의 무게만큼 밀려 밀려 올라간 동피랑 산동
네 낮은 담벼락을 배회하며 기약 없는 시간을 죽였다
삼십사 년 전 가을이었다

왜곡된 기억을 더듬으며 옛일을 알법한 노인에게 길
을 물어 아직도 달방을 받고 있는 여인숙을 찾아냈다
붉은 벽돌 타일로 주변을 두르고 여관이란 이름을 달았
지만 비린내와 지린내가 진동하던 골목을 어떻게 잊겠
나 그 앞을 한참 서성대며 이제 세상에 없는 친구를 생
각했다 도망친 그때보다 혼자 온 지금이 더 쓸쓸해서
한 사나흘 먼 데서 숨어든 사람처럼 강구안이나 기웃거
리며 몸을 기대고 싶어졌다

* 도바리: 군사독재시절 학생들의 은어로 수배자를 이르는 말
** 강구안: 육지로 바다가 들어온 통영의 항구

팬데믹 증후군

사거리 전봇대에 군고구마 통이 묶여 있다
일 년 이 년 삼 년 점점 녹슨 채 삭고 있다
한때 누군가의 삶을 따뜻하게 지폈을 자리
신랄한 봄은 다시 오는데 사람들은 멀찌감치
서로 피해 다닌다 어떤 날은 고별인사 없이
세상을 등지고 날마다 산개하는 역병이
오늘의 운세처럼 여겨지는 시절, 수천년
번창하는 고난 덕에 여태껏 살아왔지만
아직 마음에도 없고 몸에도 없는 그래서
더욱 알 수 없는 풍문을 속절없이 앓고 있다
사거리 겨울밤을 서성대던 발자국도
어떻게든 살겠다고 떠나버리고 고아처럼
혼자 남아 벌겋게 녹슬어가는 테두리가
기별 없는 사람을 기다리는 마음 같아서

빈 화구를 열어 불이라도 넣어주고 싶은 봄날
헐렁해서 채워지지 않는 일생들은 왜 하나같이
살기 위해 버리고 옮겨가는지 그와 다를 바 없는
나를 저만치 비켜 가는 몸들, 손바닥만 한 동네의
유일한 사거리조차 먼 오지의 가파른 비탈길 같은 날

땅끝

길 잃은 바람이 이 나무 저 나무를 옮겨 다닌다
바람도 여기가 끝이라는 것을 아는 걸까
견디지 못한 시간에 쫓겨 온 망명자처럼
하루가 지나가는 동안 바다 위를 무리지어
날아가는 북향의 새 떼같이 향수병을 앓는다
사는 일의 절반은 한숨이고 나머지는
신음이다 바다가 제 몸을 밀고 나가며
조금 더 길어진 끝의 끝
그 자리 감추어두었던 치부처럼 윤곽이
드러났지만 부끄러움을 숨기는 일이
더 부끄럽다는 것을 모를 리 있겠나
점점 뻔뻔해지는 나이를 먹으며
스스로 용서한다는 것이 슬퍼서
이제 기약 같은 것을 할 수도 없다

끝말잇기를 놓쳐버린 마지막 단어처럼
멈칫거리는 사이 바람은 다른 길을 찾아 떠나고
바다로 이파리를 떨구며 몸이 식어가는 나무가
발목 아래로 자꾸만 빈 그림자를
끌어당기는 이곳은 막막하고 아득한
바깥의 바깥

사람이었던 사람

견딜 수밖에 없는 모진 통증이
수시로 모였다 흩어지는 곳
벌써 핀 봄꽃이 지고 있는데
투명한 호스를 코에 꿰고
링거를 꽂은 채 맥없이
창밖을 바라보며
온몸에 번지는 통증으로 꽃 지듯
저무는 목숨을 가늠하는 사람
희미한 숨소리가
간신히 붙어 있는 뒷모습을
가만히 바라만 보는 것은
하염없이 지고 있는 꽃잎처럼
참을 수 없는 눈물이
자꾸만 떨어지고 있기 때문이다

언제까지 사람일지 모를 이가
고개를 돌려 잠깐 웃어주는
이 짧은 봄날이 지나가면
저이는 여전히 사람일까
사람이었던 사람일까

사는 일

이른 봄 큰 산불이 나 열하루 동안 먼 산까지
다 타버렸다 하지만 나무만 전부 타버린 산은
그을린 아궁이처럼 덩그러니 그 자리에 서 있다
불을 피해 고라니와 너구리 멧돼지가
큰길까지 뛰쳐나왔었는데 갈 곳 없는 그것들은
마지못해 숯덩이가 된 산속으로 돌아갔다
불길에 집을 잃어버린 사람들도 막막한
산짐승같이 어디론가 떠나지 못하고
잿더미가 된 산자락 아래 움막 같은
컨테이너를 가져다 놓고 그냥 살고 있다

해질녘 현관 앞에서 먹을 것을 재촉하던 어린 고양이들이 툇마루 아래서 조용히 잠들었습니다. 가만히 들여다보면 그것들도 무슨 꿈을 꾸는지 몸을 뒤척이며 작은 혓바닥으로 입 주변을 핥습니다. 살아 있는 것은 어떻게든 움직입니다. 목숨이 사람에게만 소중한 것은 아니어서, 때로는 버림받은 채 이곳까지 온 개와 태생적으로 야생인 고양이들까지 한집에서 어우러집니다. 그렇게 찾아든 목숨의 밥과 물을 챙기는 것 말고는 사람이 달리 할 일은 없습니다. 어쩌다 이곳까지 오게 되었는지 알 수 없지만 살아 있는 것들은 살아 있는 것끼리 돌보는 것 말고는 도리가 없습니다.

한생을 살아간다는 것은 이면의 생을 함께 지고 가는 일입니다. 불우와 불행과 불편한 부조리 속에서, 어떻게든 살아남기 위해 고군분투하는 목숨을 보노라면 안타깝고 애잔하고 쓸쓸합니다. 겨울밤은 그런 목숨의 속울음이 모여 길고 짙은 어둠을 견딥니다. 시라고 다를리 있겠습니까. 시집 묶는 일은 매번 새로운 불행을 함께 묶는 일 같습니다. 버려지고 무너지고 해체되는 질곡의 시간을 붙잡고 겨우 버티는 중입니다. 이번 시집

역시 향방을 알 길 없는 불행에 대한 기록입니다. '부디'라는 기원과 '결국'이라는 처참을 함께 담았습니다. 그것 말고 달리 무슨 도리가 있었겠습니까.

— 2024년 입춘 무렵 오지의 누옥에서 김명기

십이령 길목에 사는 일

마을

산 자들은 어떻게든 살아간다. 읍과 면으로부터 오십
리 떨어진 산골에 내가 사는 마을이 있다. 오랜 시간 동
안 사람들이 모여들어 이루어진 자연부락이다. 얼마나
오래되었는지 알 수 없지만, 칠대 조(祖) 무덤이 있고 나
도 이곳을 원적지로 태를 묻었으니 족히 삼백 년은 되
었겠다. 경상북도 울진군 북면 두천리는 행정구역상 지
명이다. 마을을 가로지르는 두천 천을 경계로 외두천과
내두천으로 나누지만, 말래라는 또 다른 지명으로 불리
기도 한다. 두천은 행정 지명이고 말래는 원주민들이
쓰던 지명이다. 말래라는 지명 역시 천을 경계로 안말
래와 바깥말래로 나뉜다. 안말래 열여섯 가구와 바깥말
래 스무 가구쯤이 있지만, 마을 사람은 오십 명이 채 안

된다. 오래 비워둔 집도 여러 채다. 명절이면 윷 놀고 아이들이 천을 따라 학교 가던 풍경이 사라진 지 오래다.

내가 사는 집은 안말래 언덕 위 끝 집이다. 큰골이라 부르는 계곡이 시작되는 곳. 마당에서 내려다보면 마을이 한눈에 들어온다. 그렇게 마을을 내려다보며 가끔 마을의 수명을 헤아린다. 윷 놀던 마을회관에는 보행기와 나무지팡이가 늘어가고, 몇 개씩 되던 소(沼)가 말라버린 천변으로 이따금 시원찮은 경운기와 낡은 차들이 천천히 지나간다. 말라가는 생선의 투명한 내장을 들여다보듯 마을도 속내를 드러내며 말라가는 중이다. 이제 막 지천명이 지난 나는 마을 사람들의 평균 연령을 낮추고 있다. 그렇지만 마을의 전답은 묵는 법이 없다. 사람들은 평생 늘어나지 않는 땅에 매달렸으므로 마치 무슨 관습이나 관성처럼 묵묵히 땅을 일군다.

태를 묻기는 했지만 나는 어려서부터 객지를 떠돌았다. 학교와 직장 모두 마을과 무관한 곳에서 터를 잡고 살았다. 이따금 스치듯 들렀다 돌아서기 바빴다. 꼬장꼬장했던 아버지가 쓰러져 숨지던 시간에도 나는 마을에서 아주 먼 곳에 있었다. 십이 년 전 초겨울이었다.

그렇게 아버지 초상을 치르러 와서 대처로 돌아가지 않았다. 고향이지만 살아본 적이 없고 농사는 흉내도 못 내본 곳에서 십이 년 동안 살고 있다.

집에 온 지 이태쯤 지났을 무렵, 마을 한복판에 고래등 같은 기와집 공사가 시작됐다. 별채도 여러 채 지었다. 십이령 주막촌 복원 사업이었다. 오래전 마을에는 주막거리가 있었다. 바닷가 흥부장에서 내륙인 춘양장을 오가는 보부상들이 십이령을 넘기 전 허기를 달래고 쪽잠을 청하던 곳이었다. 그것이 고래등 같을 리는 없었겠으나 벌어진 사업은 그러했다. 복원이라는 말을 앞세운 관치적 사업의 전형이었다. 마을은 기대감으로 술렁댔고, 나 또한 소멸에 다다른 자연부락의 수명을 늘려줄지도 모른다는 생각을 잠시 했지만 큰 기대는 없었다. 유행처럼 번진 관치적 복원의 성공사례를 본 적이 없다. 주민소득사업이라던 주막촌은 몇 년 공사 끝에 완공되었으나 별다른 주민소득 없이 마을 한복판에 덩그러니 선 채 위탁업자에 의해 겨우 운영되고 있다. 그곳을 둘러싼 마을은 변함없이 늦가을 볕처럼 사위는 중이다.

그러나 비극적이거나 불우한 이야기는 아니다. 산 자들은 어떻게든 살아가고, 자연부락은 부락으로서 생명이 끝나면 다시 자연에 귀속될 것이다. 원래 그랬던 것처럼 처음으로 돌아갈 것이다. 도시는 날로 커지고 복잡해지지만 작은 촌락이 그것의 배경인 것은 틀림없다. 천변을 따라 학교 가던 아이들도 들판 가득 물들던 벼이삭도 날로 번성하는 도시의 밑거름이 되었다. 귀농이니 귀촌이니 하는 말도 심심치 않게 들려오지만, 그들 역시 이미 도시에서 은퇴한 이들이 대부분이다. 마을이 예전처럼 왁자하던 시절로 돌아가지는 못할 것이다. 하지만 사람과 사람이 연결되었다는 것을 잊지 않았으면 하는 바람이다. 노회한 촌락의 그늘을 먹고 자란 마천루도 작은 읍면에서 오십 리쯤 떨어진 전답에서 시작되었다. 어떤 명징성이 꼭 삶을 반추하는 것은 아니다. 삶은 그냥 살아가는 동안의 일일 뿐이다. 그곳이 어디든 언젠가는 소멸하고 처음으로 돌아갈 것이다. 마을은 시간과 공간의 숙명을 무던히 받아들이는 중이다.

사람

대체로 모든 촌락이 그렇듯 사람은 끝없이 일한다. 농사를 업으로 하지 않는 나도 가까운 읍과 면으로 일하러 다닌다. 노모도 노인 일자리와 텃밭을 가꾸거나 마당을 쓸고 닦는 일로 하루를 보낸다. 내가 기억하는 어린 시절은 먹기 위해 짓는 농사가 대부분이었다. 장남이며 장손이었던 나는 어린 시절부터 대처로 보내졌다. 나보다 열 살이나 아래인 사촌들이 못줄을 잡고 탈곡을 돕고 소 꼴을 베며 지게를 졌지만, 방학 때나 가끔 오던 나는 어린 동생들이 먹는 검푸른 보리밥 대신 할머니가 따로 내오던 이밥을 먹었다. 그것은 마땅히 그런 거라고 듣고 자랐다. 숙부와 숙모, 고모와 고모부도 별다른 내색이 없었다. 사촌들뿐만이 아니었다. 또래인 친구들도 모두 그랬다. 그들은 중학교 들어갈 무렵 이미 장정 몫의 일을 했다. 그랬던 사촌과 친구들이 어느 순간 모두 대처로 떠났고, 나는 좀 이른 나이에 귀향했다.

정정했던 일가 중 몇은 이미 이 세상 사람이 아니다. 백수는 거뜬할 것 같던 아버지도 일흔넷에 생이란 간판을 접었다. 일가와 아버지뿐이겠나. 친구들의 아버지이자 내 아버지의 친구분들도 와병 중이거나 겨우 가누는 몸으로 논밭을 일군다. 먹는 것이 흔한 시절이 되었지만 그들은 먹기 위해 농사짓던 때와 다름없이 산다. 더없이 단단해 보이던 사람들이 보이지 않거나 노구가 되어버리는 동안 머리 굵어진 자식들은 모두 떠났다.

몸을 먹여 살리기 위해 끊임없이 몸을 움직이는 사람들. 뜨거운 여름 볕 아래 사람들의 고단을 품은 작물이 꼿꼿하게 자라고 있다. 남은 이들 대부분은 이곳에서 나고 자랐으며 일가를 이뤘다. 혼신의 힘을 다해 살아낸 곳이 사방 십 리도 안 되는 자그마한 부락이다. 사람들은 세상이 바뀌었다고 말하지만, 이곳은 세상이 아니라 사람만 바뀐 것 같다. 세상이 바뀌었다면 풍요롭고 건강해야 할 터인데, 늘어나지 않는 전답 위에 굽은 허리와 병든 몸으로 죽기 직전까지 일한다. 그리고 마을 뒷산에 묻히는 게 생의 끝이다. 가끔 그런 생을 한탄하는 소리를 듣기도 하지만, 그것이 잘못된 삶일 리 없다. 집집마다 자루가 반질반질한 도끼나 괭이가 몇 자루씩 있고, 산더미처럼 장작이 쌓인 집도 있다.

무쇠 같던 팔뚝이 가늘어지고 큰 솥뚜껑 같던 등판이

쪼그라들고 굵은 힘줄 박힌 장단지는 없어졌지만 사람들은 삶 밖으로 일탈한 적이 없다. 누가 그것을 요령 없는 답답한 생이라 말할 수 있겠나. 그들이 흘린 땀과 오그라든 육신만큼 도시는 커지고 복잡해졌으며 편리해졌다. 삶은 자기가 선 곳이 중심이다. 그러므로 남은 사람들의 중심은 사방 십 리도 안 되는 이곳이며, 언젠가 모든 것을 내려놓고 그 중심에서 생을 마칠 것이다.

길

큰길은 마을에서 끝난다. 마을로 오는 큰길은 읍에서 오는 길과 면에서 오는 길이 있다. 지금은 깨끗하게 포장된 넓은 길이지만 이십 년 전만 해도 좁고 먼지 날리는 비포장길이었다. 비나 눈이 내리면 하루 세 번 오는 버스마저 결행되기 일쑤였다. 조부모와 그 윗대 분들은 평생 좁고 험한 오십 리 길을 걸어 다녔다. 아버지와 어머니는 반평생을 걸어 다녔고, 나는 기억에 없는 짧은 시간을 빼면 버스나 승용차를 타고 다녔다. 그보다 훨씬 전 보부상들이 다니던 시절에는 산 밑 오솔길과 논

밭둑 지나 내와 천을 건너다녔을 것이다.

말래(未來)라는 지명은 '제일 마지막'에 오는 곳이라는 뜻이다. 봄이면 터널 같은 벚꽃 길이 펼쳐지고, 여름과 가을 사이에는 배롱나무꽃이 한창인 길로 나는 출퇴근을 한다. 불과 이십여 분을 달리면 읍이나 면에 도착한다. 왕복 한 시간도 안 걸리는 길을 종일 걸어 다녔던 사람들이 있다. 그들의 보따리는 늘 옹색했다. 주로 산나물이나 약초를 들고 갔고, 가을걷이가 끝나면 조나 수수 콩과 팥 같은 것을, 그마저도 없는 겨울에는 자신 몸의 몇 배나 되는 땔감을 지게에 지고 팔러 갔다. 생존을 위한 마땅한 일이었다. 그나마 생존을 위한 길이었다면 어떤 수고인들 마다할 이유가 없었겠지만 길은 꼭 그렇지 않았다.

미혼이었던 큰아버지는 그 길 따라 북으로 가 행불 후 사망 처리되었다. 큰고모는 보퉁이 하나 들고 쫓겨나듯 시집가 연락이 끊어진 채 생사조차 알 수 없다. 나는 그 두 분의 얼굴을 본 적이 없다. 아버지와 숙부는 그 길로 남의 나라 전장으로 떠났다가 겨우 살아 돌아왔다. 그렇게 길은 생멸을 거듭하며 조금씩 넓어지고 반듯해졌다. 그런 길에 어느 날부터 외지인들이 몰려들었다. 보부상이 넘나들던 십이령 길은 금강송 숲길이라는 이름이 붙었다. 마을 뒷산이 힐링 숲길이 되었다. 바지게 가득 양곡을 지고 와 건어물과 미역 소금을 팔아 넘어가던 고갯길이 형형색색 관광객들로 붐볐다. 마을에는 그들을 위한 민박이 생기고 보부상 주막촌이라는 간판을 건 고래등 같은 기와집도 지어졌다. 생멸을 거듭하며 넓고 반듯해진 길로 좁고 험한 길을 걷겠다는 사람들이 전국에서 모여들었다.

큰길이 끝나는 곳에 만들어진 넓은 주차장에는 외지인이 타고 온 승용차와 관광버스로 채워졌다. 소멸해가던 마을도 그들 때문에 생기가 도는 듯했다. 사람들은 마을 이곳저곳을 다니며 사진을 찍고 마을 사람들과 인사도 주고받았다. 사람도 마을도 나쁠 것 없어 보였다. 그러나 반짝하는 영양제처럼 생기는 오래가지 않았다. 경향각지에 비슷한 길이 수없이 생겼다. 사람들은 새로 난 길을 찾기 시작했고, 마을 큰길로 작은 길을 찾아오는 사람은 점점 뜸해졌다. 길이란 알맞은 용도의 구조라는 것을 그때 알았다. 두천에서 출발해 춘양 가까운

소광리까지 이어진 십이령 길을 나도 두어 번 걸어본 적이 있다. 사이사이 나무를 실어내는 목도를 빼면 두세 사람이 나란히 걷기도 힘든 좁은 길이다. 쉴 곳조차 마땅하지 않은 길을 넘나들던 바지게꾼들이 앉아서 쉬지 않고, 지게를 진 채 서서 쉰 이유를 그때 알았다.

바지게는 싸리나 대오리로 지게 위에 발채를 얹어 짐 싣는 공간을 최대한 넓힌 지게다. 지게 가득 무거운 짐을 얹고 비탈길에서 지게를 내렸다 다시 지는 일은 엄두를 내지 못했을 것이다. 그래서 길은 굳이 넓을 필요 없이 빠른 지름길이 필요했을 뿐이다. 둘러가지 않고 질러가기 위해서 좁고 비탈진 곳을 택할 수밖에 없었다. 그렇게 만들어진 길은 주변을 훼손시키지 않았고 아름드리 소나무가 가득했다.

누군가에게는 생존의 길이었으나 몇백 년 지난 후에는 생존에 지친 사람들을 치유하는 길이 되어 있었다. 하지만 길을 찾아오는 사람은 점점 줄었고 잠시 생기를 찾았던 마을 사람들의 기대감도 줄어들었다. 드문드문 조용한 숲길이 좋아 찾아오는 사람도 있지만 길은 길로서 여전히 그곳에 있을 뿐이다. 마을이나 사람처럼 길도 언젠가 길의 역할이 끝나면 처음으로 돌아가 짙푸른

원시림이 될 것이다. 모든 것이 어우러져 있지만 그것
은 다 개별적이기도 하다.

집

집은 종일 고요하다. 간혹 우체부나 택배 차량이 올
때를 빼고는 인기척이 없다. 바람 불면 뒷산 조릿대가
서로 몸 비비는 소리와 뒤란으로 흐르는 냇가의 여울물
소리만 들린다. 제법 큰 태풍이 동해안으로 북상하는
중이다. 유난히 긴 장마가 끝났는데 며칠 또 비가 올 모
양이다. 태풍은 슬픈 이들의 눈물을 거두어 한곳에 뿌
리는 것이란 얘기를 들은 적이 있다. 정말 그렇다면 세
상에는 슬픈 사람이 얼마나 많을까. 영(嶺) 아래 집으로
돌아온 지 십이 년이 지나가고 있다. 그사이 사소하게
살았고 앞으로도 그럴 것이다. 나는 '생'이라는 어휘가
가지고 있는 폭넓은 의미를 좋아한다. 다채롭고 단순하
며 복합적이지만 개별적인 말. 집으로 돌아왔지만 돌아
올 수밖에 없었던 필연도 결국은 보편성을 지닌 생이란
말을 벗어나지 않는다. 영 아래 사는 일과 먼먼 곳에 사

는 일이 뭐가 다르겠나. 이곳을 아는 사람과 모르는 사람, 다녀간 사람과 다녀갈 사람 그중 하나일 뿐. 바람이 바뀐 여름 끝자락 지금 다가오는 태풍을 기다리는 중이다.

반짝이며 녹아내리는 얼음 같은 희망

유 성 호 (문학평론가)

김명기의 시는 한국 시단의 전체 지형 안에서 매우 유니크한 힘을 갖추고 있는 사례이다. 그의 시편이 가진 특징 가운데 하나는 삶의 구체적 순간을 강렬한 실감으로 전달하는 역량에서 생성된다. 그것이 노동의 과정이든, 새삼 고백하는 가족사의 잔영이든, 아니면 이웃 사람들에 대한 관찰의 순간이든, 그의 시는 사실성과 진정성을 결속하면서 한국어의 심층을 훤칠하게 관통해 간다. 그 점에서 김명기의 시는 신경림에서 김신용으로 이어지는 주변부 노동에 대한 경험과 관찰 그리고 그 시간을 누리고 견디며 살아온 이들에 대한 복원 과정과 고스란히 겹치면서도 더욱 다양한 세목을 거느리고 있다고 할 수 있다. 또 하나 그의 시편 아래로 흐르는 특징은 시를 읽어나가는 이들의 호흡을 배려하는 리듬감에 있다. 때론 격정적이고 때론 완미하게 그는 자신만의 시적 리듬을 통해 분노와 침잠, 연민과 사랑의 감정을 놀라운 심장의 언어로 암시해준다. 이 점, 우리 시단을 한동안 출렁이게 할 김명기 시의 미학적 성취일 것이다. 마지막으로 그의 시편을 감싸고 있는 짙은 서정성을 말할 수 있다. 아닌 게 아니라 김명기가 향하는 대상은 사람, 순간, 장면 같은 물리적 구체에도 들어 있지만 희망, 미래, 생 같은 보다 더 포괄적이고 추상화된 가치로도 확장해가면서 특유의 서정성을 구축해간다. 이러한 속성들이 아름다운 트라이앵글을 이루면서 김명기 시는 단연 우뚝하게 다가온다.

김명기는 오래 시간 객지를 떠돌다가 12년 전 초겨울 아버지 장례를 치르러 고향에 돌아와 노모와 함께 살아가면서 이제 인기척이 그쳐가는 그곳에서의 생을 시로 써간다. "시간이 지날수록 늘어가는 잔영처럼"(「단장춘심」) 다가오는 삶의 고단함과 가파름을 노래하기도 하고, 어린 동료들과 시급보다 비싼 아이스 아메리카노를 나누면서 "비정규라는 말같이 어두운 커피 속/반짝이며 녹아내리는 얼음 같은 희망"을 생각하기도 한다.

바닥을 드러낸 연한 아이스 아메리카노처럼

언젠가 세상에 없을 나보다 더 늙은 체념들의

비정한 여름날이 떠올랐지만 끝내 말하지 못할

입을 다물기 위해 이가 시리도록 남은 얼음을 씹으며

장렬했던 한때조차 사라진 미래를 생각한다

— 「미래 없는 미래」 중에서

장렬했던 한때가 사라진 미래를 예감하는 것도 김명기 시가 발원하는 생의 외곽성 때문에 가능했을 것이다. 그렇게 시인은 누군가의 죽음 앞에서 "고요히 슬픔을 밀어내는 동안"(「고요히 슬픔을 밀어내는 동안」)을 기록하기도 하고, "보잘것없는 생이라도 어느 순간 한껏 살았을 텐데/나는 알지 못한 그 순간까지 외면한 것 같아"(「죽은 사람」) 인기척 없는 잿마루를 피해 집으로 돌아오기도 하는 스스로를 고백한다. 홑이불을 바다 쪽으로 널어놓고 주문을 바람에 날려 보내는 사람을 두고는 "다시는 볼 수 없는 이가 맺히도록 그립거나/생이 극지에 가 닿은 듯 속없는 자신을 질책하며/억장이 무너질 때 그렇게 뼈마디를 빠져나간/간절함"(「백수광부」)을 읽어내기도 한다. 이처럼 "비난할 수 없는 비루함처럼/처참한 것이 어디 있을까"(「신발을 버리며」) 하는 마음을 품은 김명기 버전의 묵시록은 때로 "내게 닿지 못했거나 지나쳐버린 슬픔마저 그리워하다 잠든"(「몬순」) 모습으로, 때로 "한 생이 진다는 것은 악착같이 버티고 견디다/순해지는 일"(「겹벚나무를 베다」)임을 받아들이는 과정으로 성큼 나아가고 있다.

머리에 핏빛 붕대를 맨 사내가 잿더미 위에서
어디선가 길을 잃은 신의 가호를 향해
무릎 꿇고 천천히 팔을 들어 올린다
— 「저녁뉴스」 중에서

끼어 죽고 떨어져 죽고 감겨 죽고 걷다 죽고
죽고 죽어도 밥을 위해 죽음의 빈 자리를 채우는
절망으로부터 제일 가까운 사람들

낯선 욕망과 저버린 기대 뒤에서 한없이 몸을 낮추고 바닥과
바닥만을 옮겨다니며 시급이 계급이 되어버린 노동자를
퇴화시키며 진화하는 자본주의의 마지막 소분
— 「프레카리아트」 중에서

이스라엘이 팔레스타인 가자지구를 공격하여 수많은 사망자를 냈고 그 결과 병원 인큐베이터에 있던 미숙아들이 숨지는 일이 일어난 데 대해 시인은 "죽음을 재촉하는/섬광"이 폐허 위로 번진다고 증언한다. "머리에 핏빛 붕대를 맨 사내"와 "어디선가 길을 잃은 신의 가호"가 무력하게 충돌하는 역사의 그늘을 붙잡아 형상화하고 있는 것이다. 그런가 하면 시인은 죽어가면서도 밥을 위해 죽음의 빈자리를 다시 채워가는 노동 현실의 절망을 고발한다. 그렇게 바닥을 옮겨 다니면서 "시급이 계급이 되어버린 노동자"들을 소환하는 시인의 눈매와 필치가 매섭고도 쓸쓸하다. 이러한 소재나 표현들은 김명기 시가 다루는 의제의 스케일과 시의성을 동시에 충족하고 있다 할 것이다.

> 식민지와 끝없는 이데올로기를 거쳐온
>
> 이름들처럼 얼마나 오래 묵었는지 도대체 어떻게
>
> 써야 할지 모를 모나고 가파른 땅
>
> 그렇게 나도 지주가 됐다
>
> —「지주」 중에서

새벽 해무가 장판 밑바닥까지 깔리는 습습한 곳에

세를 든다는 것은 검은 곰팡이와 통음 가능한 빈 몸을

잠시 내려놓는 일 언제든 사는 일을 찾아

떠날 사람은 몸 하나가 침구이고 가구이고 식기이다

(…)

내가 이런 생각을 하는 동안

흔들리는 팻말 앞에 아직 당도하지 못한 사람이

자신의 전부인 몸 하나를 끌고 유배지 같은

이 세상 어디쯤을 지나오고 있을지도 모르지

— 「내가 이런 생각을 하는 동안」 중에서

　　김명기 시의 권역은 이제 일제강점기와 분단시대를
온몸으로 겪어낸 집안 어른들의 이야기까지 품어간다.
느닷없이 오래 묵은 땅의 지주가 되는 과정을 통해 "식
민지와 끝없는 이데올로기를 거쳐온/이름들"이 아직도
호출되는 맥락을 보여주고 있는 것이다. 그런가 하면
사는 일을 찾아 언제든 떠날 사람들을 두고 "몸 하나가
침구이고 가구이고 식기"라면서 시인은 "자신의 전부인
몸 하나를 끌고 유배지 같은/이 세상 어디쯤을 지나오
고 있을" 이들을 생각하고 있다. 그러나 그러한 경험과

생각이 도저한 비관주의로 떨어지지 않는 데에 김명기 시의 균형 감각과 역설적 희망이 도사리고 있다고 우리는 말할 수 있을 것이다.

> 아무런 속죄도 받을 수 없는 멸망의 밤은 그렇게
> 올 것이다 모든 것을 집어삼키는 무저갱 속으로
> 능욕을 모르는 탐욕과 영원한 슬픔을 함께 묻으며
> 미래를 노래하지 않는 늙은 가수의 처절한 목소리처럼
>
> — 「멸망의 밤을 듣는 밤」 중에서

> 이른 봄 큰 산불이 나 열하루 동안 먼 산까지
> 다 타버렸다 하지만 나무만 전부 타버린 산은
> 그을린 아궁이처럼 덩그러니 그 자리에 서 있다
> 불을 피해 고라니와 너구리 멧돼지가
> 큰길까지 뛰쳐나왔었는데 갈 곳 없는 그것들은
> 마지못해 숯덩이가 된 산속으로 돌아갔다
> 불길에 집을 잃어버린 사람들도 막막한
> 산짐승같이 어디론가 떠나지 못하고
> 잿더미가 된 산자락 아래 움막 같은

컨테이너를 가져다 놓고 그냥 살고 있다

— 「사는 일」 전문

한 대수의 〈멸망의 밤〉을 듣는 밤에 시인은 어떤 속
죄도 불가능한 '멸망의 밤'이 찾아올지라도 우리는 "모
든 것을 집어삼키는 무저갱 속으로/능욕을 모르는 탐욕
과 영원한 슬픔을 함께 묻으며" 처절한 목소리로 노래
할 것임을 힘주어 말한다. 그 노래를 부르고 들으면서
우리는 큰 산불이 나서 먼 산까지 다 타버렸어도 살아
갈 것이다. 불길에 집을 잃어버린 사람들 또한 잿더미
가 된 산자락 아래서 살아갈 것이다. '사는 일'은 그렇게
눈물겹고 고통스럽지만, 여전히 지속되어갈 것이다.

김명기의 시를 읽는 일은 고통과 매혹을 동반하는 과
정이다. 그의 시는 동시대의 비주류 국외자들의 삶을
담아내면서도 현실에서 그들이 왜 고단한 삶을 살아갈
수밖에 없는지를 실증하고 있다. 그것은 줄곧 비극성의
시학으로 나타나는데, 이때 '비극성'이란 세계 속에서
선하고 아름다운 것이 패배할 때 생겨나는 감정으로 규
정될 수 있을 것이다. 그렇게 선하고 아름다운 세계는

이 폭력적인 주류 질서 속에서 지워지고 퇴락하고 때로 패배하지만, 김명기 시에서 그것들은 한결같이 스스로의 존재 증명을 통해 오롯이 세계를 떠받치고 있다. 우리 시대에 김명기 시가 오롯하고 소중한 증언으로, 반짝이며 녹아내리는 얼음 같은 희망처럼 다가오는 까닭이 여기에 있을 것이다.

김명기에 대하여

김명기의 시는, '깨진 거울'을 시의 주체로 내세우는 일군의 시적 행태에서 벗어나 있다. 자연을 인간의 우위에 놓고 인간의 반성을 촉구하는 '가벼운' 생태 시나, 그리움이나 외로움을 동심원의 중심으로 삼는 '오래된' 서정시와도 가깝지 않다. 김명기의 시가 전적으로 새롭다는 것은 아니다. 한 세대 전 민중(노동)문학의 계보와 연결되어 있다. 하지만 그의 시편은 저 전통을 잇되 자기만의 세계를 구축하고 있다. 이렇게 말할 수 있겠다. 사회적 자아의 서정적 발현, 혹은 서정적 자아의 사회적 발현. 그러니까 분노하되 감정에 휘둘리지 않고, 자책하되 절망하지 않으며, 공감하되 동정하지 않고, 희망하되 달뜨지 않는 것이다. 삶의 우여곡절과 신산고초를 통과해온 자에게서만 나올 수 있는 '진정성의 언어'다.

이문재(시인), 제22회 「고산문학대상」 심사평에서

세상에는 보이지도 않은데 무거운 짐을 진 자들이 많다. 가끔은 안 보이는 그 짐을 남에게 들킬 때가 있다. 반대로 우리가 타인의 짐을 알아차릴 때도 있다. 짐이 짐을 알아볼 때, 그것은 서로에게 기대어 고달픔을 나눈다. 짐의 총량이 줄어들 리가 없는데도 우리의 발걸음은 조금 가벼워진다. 그것을 김명기 시인은 "슬픔이 슬픔을 알아본다"고 썼다. "슬픔은 다 같이 슬퍼야 견딜 수 있다"라고도 썼다. 이 말은 진심이고 진실이다. 슬픔에는 슬픔이, 아픔에는 아픔이 친구고, 이웃이며, 쉼터가 된다.

나민애(문학평론가), 「나민애의 시가 깃든 삶」에서

K-포엣

멸망의 밤을 듣는 밤

2024년 8월 31일 초판 1쇄 발행

지은이 김명기
펴낸이 김재범
펴낸곳 (주)아시아
출판등록 2006년 1월 27일 제406-2006-000004호
전자우편 bookasia@hanmail.net

ISBN 979-11-5662-317-5 (set) | 979-11-5662-711-1 (04810)